기획의 말

그리운 마음일 때 'I Miss You'라고 하는 것은 '내게서 당신이 빠져 있기(miss) 때문에 나는 충분한 존재가 될 수 없다'는 뜻이라는 게 소설가 쓰시마 유코의 아름다운 해석이다. 현재의 세계에는 틀림없이 결여가 있어서 우리는 언제나 무언가를 그리워한다. 한때 우리를 벅차게 했으나 이제는 읽을 수 없게 된 옛날의 시집을 되살리는 작업 또한 그 그리움의 일이다. 어떤 시집이 빠져 있는 한, 우리의 시는 충분해질 수 없다.

더 나아가 옛 시집을 복간하는 일은 한국 시문학사의 역동성이 드러나는 장을 여는 일이 될 수도 있다. 하나의 새로운 예술작품이 창조될 때 일어나는 일은 과거에 있었던 모든 예술작품에도 동시에 일어난다는 것이 시인 엘리엇의 오래된 말이다. 과거가 이룩해놓은 질서는 현재의 성취에 영향받아 다시 배치된다는 것이다. 우리는 현재의 빛에 의지해 어떤 과거를 선택할 것인가. 그렇게 시사(詩史)는 되돌아보며 전진한다.

이 일들을 문학동네는 이미 한 적이 있다. 1996년 11월 황동규, 마종기, 강은교의 청년기 시집들을 복간하며 '포에지 2000' 시리즈가 시작됐다. "생이 덧없고 힘겨울 때 이따금 가슴으로 암송했던 시들, 이미 절판되어 오래된 명성으로만 만날 수 있었던 시들, 동시대를 대표하는 시인들의 젊은 날의 아름다운 연가(戀歌)가 여기 되살아납니다." 당시로서는 드물고 귀했던 그 일을 우리는 이제 다시 시작해보려 한다.

기획의 말

그리움 마음일 때 'I Miss You'라고 하는 것은 '내게서 당신이 빠져 있기(miss) 때문에 나는 충분한 존재가 될 수 없다'는 뜻이라는 게 소설가 쓰시마 유코의 아름다운 해석이다. 현재의 세계에는 틀림없이 결여가 있어서 우리는 언제나 무언가를 그리워한다. 한때 우리를 매혹시켰으나 이제는 읽을 수 없게 된 옛날의 시집을 되살리는 작업 또한 그 그리움의 일이다. 어떤 시집이 빠져 있는 한, 우리의 시는 충분해질 수 없다.

더 나아가 옛 시집을 복간하는 일은 한국 시문학사의 역동성이 드러나는 장을 여는 일이 될 수도 있다. 하나의 새로운 예술작품이 창조될 때 일어나는 일은 과거에 있었던 모든 예술작품에도 동시에 일어난다는 것이 시인 엘리엇의 오래된 말이다. 과거가 이룩해놓은 질서는 현재의 성취에 영향받아 다시 배치된다는 것이다. 우리는 현재의 빛에 의지해 어떤 과거를 선택할 것인가. 그렇게 시사(詩史)는 되돌아보며 전진한다.

이 일들을 문학동네는 이미 한 적이 있다. 1996년 11월 황동규, 마종기, 강은교의 첫 시집들을 복간하며 '포에지 2000' 시리즈가 시작됐다. "생이 덧없고 허기질 때 이따금 가슴으로 암송했던 시들, 이미 절판되어 오래된 풍문으로만 만날 수 있었던 시들, 동시대를 대표하는 시인들의 첫 시집의 아름다운 연가(戀歌)가 여기 되살아납니다." 당시로서는 드물고 귀했던 그 일을 우리는 이제 다시 시작해보려 한다.

매우 가벼운 담론

문학동네포에지 037

조말선 시집

매우
가벼운
담론

시인의 말

모종들의 성장사는 순환하는
자연이 아니다. 그것은 마치
그림이 없는 그림틀들을
관람하는 것처럼 냉소적이다.
지루하고 권태롭다.
내가 달아난 적이 있다면
그들로부터이다.
그러나 누가 본 적이 있는가.
꽁무니에 붙은 길의 절개지를.
내 자연은 순환하지 않는
자연이다.

2002년 4월
조말선

개정판 시인의 말

돌보는 사람으로 결정했습니다.
바닥에 구르는 돌을 들어올려서
눈을 맞출 겁니다.

손으로는 더……

2021년 11월
조말선

차례

2부

3부

4부

1부

정오

오븐의 채널이 정각에서 멎는다

늦은 아침이 다 구워졌다

꽃나무 밑에서 놀던 적막은 바싹 익었다

밀가루에 버무려진 세상이 거짓말같이 부풀어오르는 시각

우체부가

벌겋게 달아오른 우체통을 열고

뜨거운 편지를 꺼낸다

30분 전에 넣은 편지가 벌써 익다니!

생의 한나절을 다 읽기도 전에

나는 또 숙성되었다

오아시스

뭐가 걱정이에요 아버지, 이 바싹바싹 타는 혓바닥을 뭐가 걱정이에요 아버지, 이 뭉텅뭉텅 뽑힌 머리채들 뭐가 걱정이에요 아버지, 이 시들시들 말라가는 쭉정이들 당신이 자른 이 바싹바싹, 이 뭉텅뭉텅, 이 시들시들, 이 싹둑싹둑, 이 자글자글 당신이 뽑아낸 이 모가지들 뭐가 걱정이에요 아버지, 저 빡빡한 유통기한 저 코를 찌르는 죽음 꽂으세요 당신의 모종 컵에 당신의 목구멍에 뭐가 걱정이에요 아버지, 이 반들반들, 이 생글생글, 이 산들산들, 이 파릇파릇, 이 발름발름,

화환

축하용 화환을 주문했다

축복을 뜯었다

네가 뜯고

그가 뜯고

아침에 도살된 모가지에 핏물이 남아 있다

피가 마르기 전에

꽃들은 단두대를 떠나고 싶다

처음 보는 얼굴이 와서

값비싼 부위를 쑥 뽑아냈다

진심으로 축복은 찢어발겨졌다

뼈들이 식탁 위에 가득 쌓였다

개업식은 잘 망가졌다

야간운전

밤이 난간이다
고양이들 난간 위로 기어나온다
어둠 속에서 발광하는 야광 안구를 끼고
나의 뒤꿈치를 살핀다
나의 뒷덜미를 핥아본다
문 닫은 상점이 셔터를 올렸다 내린다
죽은 가로등이 매번 마지막으로 발광한다
어두운 건물의 외벽마다 질척질척
고양이의 타액이 흘러내린다
난간을 타고 있는 수백 마리 고양이들은
꼬리에 꼬리를 물고 밤 속으로
모퉁이의 모퉁이를 돌며 벼랑 아래로
발톱을 숨긴 밤이 난간 위를 기어오른다
안개가 가장 값비싼 외투였어
안개가 가장 까다로운 외투였어
안개를 껴입은 고양이가 난간이다
난간 위의 고양이들은 까다로운 길이다
길을 가로지르는 것은 금물!
길의 심장을 가로지른 생쥐 한 마리가
내 발톱을 꺼낸다

토마토

접시에 토마토를 담아놓고 먹는다 엄마 나는 어디서 왔어? 응, 식탁 위에 있길래 집어먹었지 배가 너무 아프길래 뱉었지 나는 몸을 둘둘 말아서 접시 위에 올려놓는다 엄마가 나를 집어먹는다 얘야 너는 너무 익었구나 너무 빨갛구나 엄마가 나를 도로 뱉어낸다 뜨거운 감자처럼 나는 포크의 등뒤에 남아 있다 꼭지를 따지 않은 폭탄 한 개가 접시 위에 놓여 있다

거울

아버지가 모종 컵 속에 나를 심는다 아가야, 어서어서 피어라 너를 팔아 새 눈알을 사야지 그때서야 내 너를 볼 수 있지 나는 빛나는 아버지를 쬔다 일렬로 줄을 선 모종 컵 속으로 골고루 아버지가 비친다 아버지는 사흘 만에 핀 떡잎을 보고 주문을 왼다 너를 팔아 새 다리를 사야지 그때서야 내 너를 업어주지 아가야, 어서어서 피어라 아버지의 얼굴에 무수한 길이 난다 아버지, 나는 어디서 나를 사나요 분무기에서 수천의 아버지가 쏟아진다 몰라, 몰라 이 길을 다 지워야겠어 내가 온 길을 되돌아가야겠어 나는 찢어지는 아버지를 받아 마신다 나는 쑥쑥 찢어진다 아버지가 환해진다

모종 컵 속에서 아버지의 사지가 하나씩 피어난다

중독

꽃은 한신 빌딩 오층 외벽에 매달려 있었다

나는 그때 모퉁이를 돌고 있었다

한신 꽃집은 조금 전에 문을 닫았다

나는 횡단보도 앞에 서 있었다

빨간 점멸등이 피었다 졌다

파란 점멸등이 피었다 졌다

한신 빌딩 창문이 노랗게 피기 시작했다

아크릴 꽃이 파르르 떨었다

한 송이 한신 빌딩은 꽃잎 한 장 움직이지 않았다

당기시오 꽃잎이 나를 밀어넣고 툭 제자리로 돌아갔다

연, 못

나는 수양버들을 거절하고
구름을 거절하고
나를 지배한 하늘을 거절하기 위해
못을 박는다 쾅쾅
연못 위에 푸른 못 자국 돋는다

흙탕을 담으면
나는 흙탕이었다

슬픔을 담으면
나는 슬픔이었다

네가 던진 농담에
나는 전신을 떨었다

이것 봐, 이 푸른 못대가리가 살랑살랑 거절하잖아?
공손한 거절이 넓어지고 있잖아?

세상으로 달아날 길이 없는데
내 생각을 뱉어버릴 방법이 없는데

오늘은 양수기가 퉁퉁 불은 익사체들을 뽑아올린다

보지 마, 못 아래 상처,

못대가리에서 터져나오는 이 연분홍 핏물!

화분들

빨간 입은 분노였네 노란 입은 빈혈이었네 파란 잎은 두려움이었네 분노를 빈혈을 피워야 하는 파란 잎은 세차게 멍들었네 아버지가 비닐하우스로 들어오셨네 이런, 신발이 작구나 얘야 걱정스러운 아버지는 신발을 벗기고 내 발가락을 잘랐네 발가락이 잘릴 때마다 나는 열매를 맺었네 나는 미혼모였네 아버지는 매일매일 미혼모를 재배했네 아버지 제발 제 신발을 돌려주세요 한 번도 신지 못한 새 신발들이 쓰레기통에 버려졌네 빨간 입은 분노였네 노란 입은 빈혈이었네 파란 잎은 두려움이었네 분노를 빈혈을 말해놓고 파란 잎은 시들어갔네 아버지가 비닐하우스로 들어오셨네 이런, 모자가 작구나 얘야 자상한 아버지는 모자를 벗기고 내 목을 잘랐네

손목을 자른 장갑이,

손목을 자른 장갑이
네 목을 딴다

발목을 자른 장화가
네 등짝을 누른다

냄새가 지독한 관념을 쭈욱 훑는다

그것을 목격한 눈을 벗어던지고
그것을 발설할 입을 벗어던지고

손목을 자른 장갑이
손가락을 씻고 있다

발목을 자른 장화가
발등을 닦고 있다

고무호스

나는 네가 갈증 날 때마다 나를 분간 못한다 입에서 입으로, 목구멍에서 목구멍으로, 항문에서 항문으로 아무튼 끝에서 끝으로, 처음에서 처음으로 아무튼 꼭지에 꽂힌 쪽은 입이고 그 끝은 항문이었는데 지금 나는 항문이 마르다 지금 나는 입이 마르다 지금 나는 가슴이 마르다 나는 네가 원할 때마다 내 진로를 바꾼다 오물의 길, 혈액의 길, 극약의 길, 오오 너의 고백의 길, 눈물의 길 아무튼 꼭지에 꽂힌 쪽은 입구이고 그 끝은 출구였는데 지금 나는 텅 빈 복도 그 끝에 벼랑이 있는 줄도 모르고 꽉 막힌 한숨 네가 걸어가야 나는 걸어간다 네가 멈추면 나는 멈춘다 네가 흘러넘치면 나는 흘러넘친다

면도사

난초처럼
긴 수염이 의자에 올라앉았다
면도사는 수염이 긴 화분을 사랑했다
수염에 향비누를 발라주었다
거울 속에서 수염이 구름처럼 피어올랐다
면도사는 발목이 없는 구름이 싫었다
면도칼로 싹싹 구름을 깎아냈다
화분의 발목이 사라졌다
세면대에 얹어놓고
발목이 없는 화분에 물을 주었다

누가 토마토 모종 아래에 흥건한 서답을 묻었나?

꽃을 삼킨다 꽃잎에 매달린 목젖으로 토마토를 삼킨다 붉은 추문을 삼킨다 너와 놀아난 놈은 다 불어라 다 불기 전에는 죽을 수 없다 그 가지에 한 번이라도 걸터앉은 놈, 달빛, 눈빛, 그 가지를 축축하게 핥아내린 것, 빗물, 바람 너는 죽어야 풀리는 주문에 걸렸다 늙은 엄마가 명주실을 칭칭 감은 내 엄지손가락을 바늘로 딴다 시뻘건 토마토가 송이송이 열린다 꽃이 열린다 달빛이 열린다 눈빛이 열린다 나에게 걸터앉은 네가 열린다 늙은 엄마가 손가락을 꾹꾹 눌러 검붉은 피를 훑어내린다 콱콱 등을 치신다 토마토 가지가 내 정강이뼈를 닮은 이유를 아니? 식탁 위에 있는 토마토가 시뻘개지고 있다 제 몸의 추문 한 방울을 다 빨아먹고 있다

고인돌

죽음 속에 고여 있는 돌
석공이 탐하면서 탐할 수 없는 돌
3천 년 전에 수납한 주검이
민들레 너니? 패랭이니?
나보다 무거웠던 죽음이 꽃핀다
까마귀 너니? 딱새니?
수족을 죽음에 괴고
3천 년 동안
내 무덤을 파는 돌

어항

탁자 위에 하나의 시계가 있다 시계 속에 하나의 물고기가 있다 둥근 시계는 둥글게 시계를 투영하고 있다 물고기는 시계를 누린다 물고기는 시계를 가린다 지느러미로 시계를 탁탁 친다 아가미로 시계를 삼키고 뱉는다 뱉은 시계를 삼키고 뱉는다 어항은 시계를 투영하고 있다 물고기를 투영하고 탁자를 투영하고 시계를 투영하고 있다 투영된 물고기는 오른쪽 시계와 왼쪽 시계를 동시에 투영한다 오른쪽 유리벽과 왼쪽 유리벽을 동시에 검열한다 실체는 시계를 숨긴다 아가미가 11시 10분을 삼키고 뱉는다 아가미가 뱉은 11시 10분을 11시 10분 2초에 삼킨다 시계는 증폭하는 11시 10분으로 가득찬다 물고기는 시계를 삼키고 뱉는다 단 한 번도 눈을 깜빡이지 않고 오른쪽 시계와 왼쪽 시계를 동시에 검열하고 있다 물고기는 가려진 세계다

구근들

두근거리는 심장을 뽑아서
꽃밭에 심었다
발전기를 매달고
꽃밭이 빙글빙글 돌았다
나는 잠들지 않았다
두꺼운 어둠이 두근두근 뛰고 있었다
흙을 파보니
충혈된 눈알들이
돋아나고 있었다
아침마다
나는 두 개의 붉은 꽃송이를 들여다본다

2부

가변차선

오전 8시에 나는 길이었고, 집으로 가는 중이었고, 아우성이었고, 법이었고, 꽃이었고,

정오 12시에 나는 사막이었고, 상영 금지된 영화였고, 부러진 꽃이었고, 겨울이었고, 실연이었고, 그래도 법이었고, 집으로 가는 중이었고, 길이었고,

꽃병

막다른 골목이 탁자 위에 놓여 있었다 햇살은 좁은 목구멍에 걸려 넘어가지 않았다 누가 나의 열린 입을 잠가줘, 반쯤 젖은 목소리가 찰랑거렸다 꽃은 꽃병의 뚜껑이었다 어둠 속에 발을 담그고 새어나오는 불안을 틀어막았다 가냘픈 꽃대를 잡고 피어오르는 병색은 붉었다 병은 너무 깊었으므로 작은 꽃잎은 훅훅 더운 숨을 몰아쉬었다 막다른 불안이 쏟아질까봐 탁자는 네 다리를 접을 수 없었다 누군가는 꼿꼿이 병을 견뎌야 했다 꽃병은 꽃을 병들게 하였다 막다른 골목을 서성이며 불안은 몸에 맞는 뚜껑을 갈아끼웠다 처음부터 몸에 맞는 뚜껑은 없었다 병든 꽃은 헐거워진 나사처럼 풀려나갔다

매우 가벼운 담론

한 쌍의 질문을 새장 속에 가둔다. 시금치를 먹고 크는 질문 한 쌍. 멸치를 먹고 크는 질문 한 쌍. 모이를 줄 때마다 궁금한 얼굴로 묻는다. 우리는 언제 날 수 있죠? 언제 대답이 되죠? 새장은 날마다 작아지고 있다. 질문은 구슬프게 노래 부른다. 질문의 깃 속에 질문을 파묻고 잠든다. 질문들은 성숙해진다. 질문들은 스스로 대답을 낳는다. 새장 속에 한 개의 둥근 대답이 있다. 스무 날 품은 대답. 의혹이 품은 대답. 대답 속에서 촉촉한 질문 하나가 태어난다.

움직이지 않는 가방

움직이지 않는 가방을 들고 그가 돌아왔다 과묵한 가방이 그의 손에서 달랑거렸다 지퍼를 연 그의 입에서 하얀 이가 즐겁게 쏟아졌다 무거운 가방에 지친 관객들이 몰려들었다 큐 사인이 떨어졌을 때 관객들은 과묵한 가방을 주목했다 가방은 움직이지 않고 허공에 매달려 있었다 가방이 그를 들고 다녔을 뿐 가방이 허공을 꽉 붙잡고 있었을 뿐 가방이 오른쪽을 걷고 싶을 때 그가 재빨리 왼쪽으로 매달렸다 10년의 유학 생활 끝에 그는 더이상 가방을 들고 다니기가 싫었다 가방에 끌려다니면서 가방에 배고파하면서 가방에 옷 색깔을 맞추면서 가방의 주인인 체하기가 싫었다 그와 가방의 입장을 바꾸었을 때 그는 움직이지 않는 가방의 달인이 되어 있었다 지퍼를 연 그의 입에서 즐거운 복종이 하얗게 쏟아졌다

무정차

어느 정거장에도 닿지 않는다 터미널에서 터미널까지 어떤 정거장에도 정 주지 않는다 무정차를 탈 때마다 나는 가벼워진다 사랑 없이 앉아 있는 의자 등받이가 등에서 들뜬다 속을 잠근 가죽과 가죽 사이에 상처는 없다 이별에 감염된 이태리포플러가 시속 백 킬로미터의 속력으로 손을 흔들어준다 울산에서 포항까지 어느 주유소에서도 주유하지 않는다 처음부터 처음까지 어느 이정표에도 눈 돌리지 않는다 경주나 감포로 꺾이는 화살표가 차창을 긁는다 나도 그때 화살표 방향으로 벌어지다가 만다 도중에 누군가 환승하지 않는 생은 가볍다 슬픔도 속력을 내며 가벼워진다

모델하우스

하얀 신부가 파라솔 아래에서 임대한 웃음을 웃는다
검은 신랑이 임대한 신부의 어깨에 팔을 두른다

임대한 찻잔이 찰랑찰랑 웃는다

검은 신랑이 자전거를 타고 임대한 눈발을 굴린다
하얀 신부가 임대한 추억을 뒷자리에 태운다

하얀 신부가 공중전화 부스에서 임대한 애인과 통화를 한다
검은 신랑이 신부의 등뒤에서 임대한 사랑을 엿듣는다

밖에는 임대한 외등이 오렌지를 까고 있다
까고 또 까도 꺼지지 않는 불빛을 들고
신랑과 신부는 침실로 들어간다

그나저나 이 눈덩이를 어디에 걸어두나
하얀 신부가 임대한 신랑의 가슴에 쾅쾅 못을 박는다

검은 신랑이 하얀 신부의 가슴에 쾅쾅 임대한 사랑을 박는다

가슴에 너덜너덜 눈덩이를 걸고
하얀 신부와 검은 신랑은 벽이 되기 시작한다

새

엑스레이를 찍었을 때
그 나무에 내 심장이 걸려 있다

나무꾼이
도끼를 들다가 돌아간다

의사가
메스를 들다가 돌아간다

심장박동을 측정했을 때
그 나뭇잎 속에 내 심장이 두근거린다

머뭇거릴 때
그 나무는 자란다

주저할 때
그 나뭇잎들 무성해진다

그 나무는 알약들을 주렁주렁 매달고
내 심장을 돌본다

그 나무에 올라갔을 때
속을 파먹힌 내 모자가 걸려 있다

계단을 올라가는 계단

누군가 위층으로 올라가는 계단 위에 앉아 있었다 나는 계단을 올라가다가 일곱번째 계단을 지긋이 울었다 내가 수납해놓은 음악이 기웃 내려앉았다 상승하던 나는 풀이 죽었다 어쩔 거니? 집으로 데려갈 거니? 누군가 파도치는 가슴을 쓸어내리고 있었다 옆에 내려놓은 물통에서 조금씩 물이 새어나왔다 나는 어쩔 수 없이 계단을 도로 내려갔다 누군가 새는 물통을 들고 여덟번째 계단을 건너 뛰어가고 있었다 나는 계단을 내려가고 있었다 나는 계단을 올라가고 있었다 누군가 위층으로 가고 있었다 나는 영화의 삽입곡처럼 중간에 끼어 있었다

요리사

초록 바탕에 까만 줄무늬, 수박통이 조리대에 놓여 있다 미용사는 양념을 친 초록 바탕에 까만 줄무늬를 뒤섞어 비닐 랩을 씌운다 모든 요리는 비닐 랩 속에서 신선도를 높이죠 바몬드소스를 친 사과 요리로 할까요 타르타르소스를 바른 대구 튀김으로 할까요 미용사는 습관적으로 벽에 걸려 있는 플러그 하나를 내려서 요리 접시에 연결한다 잠시 후 수박통이 미용사를 부른다 이 뿌리는 너무 뜨거워요 미용사가 비닐 랩을 조금 벗겨서 수박통을 호호 불어준다 잠시 후 수박통이 미용사를 부른다 랩 속은 너무 고요해요 미용사가 면도칼로 랩 위에 두 개의 귀를 그려준다 오후 3시가 되자 수박통이 있던 자리에 랩을 씌운 짜장면이 놓여 있다 플러그를 뺀 미용사는 요리 접시를 탁자 위에 올려놓고 늦은 점심을 먹는다

가시연

방문을 걸어 잠그고 문신을 새긴다
내가 그릴 줄 아는 것은
아직 피지 않은 꽃봉오리
보내준 햇빛은 검은
커튼 뒤로 돌려보냈다
어제는 어깨 위에 장미가 돋아났다
가슴 위에서는
동백이 늘 폭발하고 싶다고
머리통을 짓찧는다
갈비뼈 아래로 아래로 뻗어가는 능소화
절망이 자라 몸을 넘어간다

이 꽃들
피어난다면?

나는 거름이야
하루에도 수천 개 가시를 삼킬 거야
이것 봐,

문신을 찢고 나오는 꽃잎들
내 몸에서 살기가 핀다

거미

나는 생각한다
가랑이가 낳은 집에 대해서
유행에 둔한 건축법에 대해서
실오라기 하나로 이어온 가계에 대해서
이슬의 동그란 노크에 대해서
거꾸로 걸어가는 사람들에 대해서
거미줄에 포박된 우주에 대해서
나는 가랑이로 생각한다
나를 낳은 기둥과 기둥에 대해서
폐허에 찍은 내 낙관에 대해서
외줄에 매달린 생애에 대해서
매번 마지막인 사랑에 대해서
창밖에 내걸린 사랑의 수의에 대해서
마지막을 유감 없이 처리하는 내 본성에 대해서
나는 가랑이로 배설한다
족보와
사랑과
무덤과

성묘

2천 원으로 조화 두 송이를 샀다 물이 빈 양동이에서 꽃들이 떠들기 시작했다 내 얼굴이 제일 슬프지 않나요? 내 슬픔이 제일 빨갛잖아요? 메마른 꽃잎 속에서 헛바늘들이 콕콕 나를 찔러댔다 가짜 암술들이 내 몸에 노란 꽃가루를 묻혔다 슬픔은 금방 시들죠, 주인이 진짜 같은 조화를 내밀며 말했다 꽃잎마다 눈물이 반짝 빛났다 무덤 앞에는 여섯 달 전에 꽂은 조문이 아직도 슬픔에 잠겨 있었다 나는 낡은 슬픔들을 뽑아냈다 활짝 핀 플라스틱 조문 두 송이를 무덤 앞에 꽂았다 새로운 슬픔이 무덤을 에워쌌다

한 쌍의 무덤

그 애가 쌍쌍바를 빨아먹는다
키가 조금 작고 조금 더러운

그 애가 쌍쌍바를 빨아먹는다
무덤 두 개가 녹는다

그 애가 흐르는 무덤을 후루룩 핥는다
무덤 두 개에서 젖이 흐른다

그 애가 쌍쌍바를 베어먹는다
키가 조금 크고 세수를 깨끗이 한

그 애가 삐져나온 관짝을 이로 깨문다
무덤 두 개에는 누가 들었니?

그 애가 관짝에 붙은 살점을 쩝쩝 입맛 다신다
훌쩍 키가 크고 살이 통통한

그 애가 흩어진 관짝을 수습하여
관을 맞춘다

괄태충

두 개의 더듬이로 모멸을 읽는다
모멸 한 마리가 기어간다
복부에 눌린 길이 느릿느릿 기어간다
나는 모멸을 토막낸다
네 개의 더듬이로 위기를 읽는다
위기 두 마리가 기어간다
복부에 눌린 두 개의 길이 조금 빨리 기어간다
나는 위기와 위기를 토막낸다
여덟 개의 더듬이가 공포를 읽는다
공포 네 마리가 기어간다
복부에 눌린 네 개의 길이 더 빨리 기어간다
나는 공포와 공포와 공포와 공포를 토막낸다
……
어린 쑥부쟁이꽃을 먹는 모멸 한 마리
어린 쑥부쟁이 꽃대 하나가 순식간에 모멸 한 마리가 된다
나는 모멸을 토막낸다
어린 쑥부쟁이 꽃대 하나가 순식간에 위기 두 마리가 된다
나는 위기 두 마리를 토막낸다
……
용의주도한 더듬이는 환심을 잃는다
어린 쑥부쟁이 꽃대 한 마리가 두 마리가 세 마리가 네 마리가 …… 기어간다

사막

붉은 천 아래 커다란 빗 하나가 숨어 있다

바람이 붉은 천의 네 귀를 잡고 펄럭이면

오전의 언덕이 오후의 골짜기로 내려간다

오른쪽 머리핀이 왼쪽 골짜기에 떨어져 있다

삶은 명암을 뒤바꾼다

흘러내리고 솟아오르는 시나리오는 아직도

수정중이다

머리카락 없는 머리를 빗질중이다

천 번의 분장을 지우면서

막은 오르지 않았다

매우 솔직한 담론

유리병과 유리잔이 빨간 이야기를 주고받는다
나는 빨간 이야기를 버린다
유리병은 유리잔이 가득차기 전에 이야기를 멈춘다
나는 빨간 이야기를 버린다
유리병은 유리잔의 생각이 바닥날 때마다
빨간 이야기를 한 잔씩 채워준다
나는 빨간 이야기를 한 잔씩 버린다
유리병은 유리잔을 강요하지 않는다
나는 빨간 이야기를 버린다
유리병과 유리잔이 파란 이야기를 주고받는다
나는 빨간 이야기를 버린다
유리잔은 파란 생각을 담아두지 않고
곧바로 잊어버린다
나는 빨간 이야기를 버린다
유리병과 유리잔은 파란 이야기를 멈춘다
나는 빨간 이야기를 버린다

제설

이렇게 평등한 고백이 싫다, 나는
한꺼번에 퍼붓는 눈길이 싫다, 나는
갈피를 잡을 수 없는 수법이 싫다, 나는
내가 말했지
너는 너무 이상적이라고
내가 말했지
너는 너무 더러워졌다고
아무나 빨아들이는 흡인력이 싫다, 나는
그때 나는 나의 유일한 사랑에 빠져 있었고
너는 내게 온 밤 내내 연애편지를 썼지만
너는 아무런 이념도 풍기지 않았지
아무런 냄새도 풍기지 않았지
나는 지금 내 길을 찾고 있는 중이야
가벼운 농담이 싫다, 나는
아무데나, 아무데나 쌓아놓은 추억이 싫다, 나는
내가 슬프다 하고 말하면
너는 슬퍼졌지
내가 허무해 하고 말하면
너는 허무해졌지
도대체 너는 어디에 있는 거야
나는 지금 유일한 독설을 찾고 있는 중이야

판화

1은 완성된 문신이었다 1은 백색 살갗이었다 1은 맨살에 그어지는 칼자국이었다

거기 도착했을 때 나는 휘발되었다

3부

비닐하우스

구겨진 콘돔이 하얗게 부풀었다
독한 가난을 피임하는
막막한 터널
얇은 막이 터지도록 땀을 쏟았다
땀방울마다 해 하나씩 갇혀
시퍼런 욕망을 속성 재배하였다
근심은 뜯어낼수록 수북이 자랐다
산고가 식는 저물녘
문이 열리고
허리 굽은 아버지가 태어났다

구두

늙은 아버지는 내가 벗어둔 구두였네
가죽이 터져 못 쓰게 된 구두
태어나기 전부터 신기 시작한 구두
아버지는 커다란 구두 안에
나를 놀게 했네
잔물결에 흔들리는 배 위에서
내가 막 신고 다닌 아버지
헐렁한 뒤축이 빠진 날,
내 중심은 비틀거렸네
망치질 몇 번에 아버지는 고쳐지고
중심은 윤을 내고 일어섰네
스물의 숨막히는 푸른빛이
뒤꿈치의 물집으로 팅팅 불어
터질까 터질까 가슴 졸이던 때
다 자란 내 발을 기뻐한 아버지의 생애는
내가 부수어야 할 문
너무 조이는 구두였네
엄지발가락이 삐져나오는 구두를
벗어던졌네
속이 빈 구두는
냄새나는 가죽에 엉킨
질긴 추억을 오래 우물거렸네

섬

나는 앉은자리에서 시든다 나는 앉은자리에서 핀다 아버지의 직업은 씨 뿌리는 사람이었다 나는 의자 위에서 끄덕끄덕 존다 나는 변기 위에서 애써 뿌리를 내린다 씨는 못 속이는군, 구두 속에 박힌 발은 뽑을 때까지 빠지지 않는다 아버지는 직업의식이 대단하시다 아버지가 뿌린 씨는 발 뻗을 곳만 두리번거린다 아버지의 직업은 씨 뿌리는 사람, 나는 앉은자리에서 등을 웅크리고 멀리 뿌리를 뻗는 데 몰두한다 나는 앉은자리에서 캄캄하게 속이 썩어간다 그런데요 아버지 내 몸이 자꾸 기우뚱거려요 어딘가로 쏟아져요 아버지, 나를 쾅쾅 박아주세요 흔들거리며 긴 의자에 앉아 있는 동안 기차가 떠났다 하얀 변기에 앉아 있는 동안 과일들이 떨어졌다 가지 마라, 가지 마 나는 커다란 열쇠구멍에 열쇠를 꽂고 몸을 가둔다 가지 마라 흰구름, 가지 마라 염소떼 나는 잔뜩 웅크린 채 이별을 끌어안는다 나는 앉은자리에서 결별을 듣는다

뻐꾸기가 운다

마그리트를 보고 있는데 뻐꾸기가 운다 마그리트의 사과를 보고 있는데 뻐꾸기가 운다 나뭇잎 속에 새를 보고 있는데 뻐꾸기가 운다 얘야, 사과 먹을 시간이구나 나뭇잎 새를 죽일 시간이구나 마그리트의 도끼를 집어 드는데 뻐꾸기가 운다 얘야, 도끼를 들고 도낏자루를 자르렴 사과를 먹고 사과가 되려는데 뻐꾸기가 운다 나뭇잎 새를 죽이고 나뭇잎 새가 되려는데 뻐꾸기가 운다 아버지, 이 캔버스는 너무 답답해요 너무 네모졌어요 내가 훌쩍이는데 뻐꾸기가 운다 들어가라 얘야, 위대한 텍스트는 다 모서리가 있단다 영화관을 가보아라 도서관을 가보아라 텍스트의 모서리는 너의 밥이란다 술이란다 마그리트가 나를 그리는데 뻐꾸기가 운다 도끼가 도낏자루를 자르는데 뻐꾸기가 운다 피가 철철 넘치는데 뻐꾸기가 운다

아버지는 종묘상에 가셨네

아버지는 종묘상에 가셨네
동생들을 사러 가셨네
아버지는 자식 욕심이 많다네
혈기왕성하다네
어머니의 배는 비닐하우스처럼 불룩하였네
나는 동생들을 업고 걸리고
하루종일 마을을 배회하네
정관수술을 받은 아버지
정자은행에 가셨네
1년 내내 씨를 뿌리는 아버지
어머니는 1년 내내 만삭이라네
종묘 상인은 마침내
다수확 품종을 구해오네
종묘상 미닫이를 밀 때마다
아버지는 발기한다네

남루에 대해서

트럭에서 내린 사내가 보따리 하나를 펼쳤다 나는 남루한 해를 보따리 속으로 집어넣었다 낡은 해가 트럭 위로 떠올랐다 먼저 떠오른 해들이 짓눌리기 시작했다 붉은 남루가 푸른 남루를 짓눌렀다 푸른 남루에 노란 남루가 짓눌렸다 트럭이 시동을 걸자 저녁이 오기 시작했다 이 남루한 무지개는 원래 해가 주인이었다 내가 종일 늘여 쓰고 줄여 쓰던 긴 손가락이었다 그것도 추억이라고 묶을수록 엉덩이가 미어져 나왔다 그것도 추억이라고 밧줄로 결박할수록 빰을 실룩이고 있었다 짐을 실을수록 트럭의 표정은 점점 밝아지고 있었다 나도 트럭을 타고 떠난 적이 있었다 떠날 때는 남루였던 걸 알고 있었다 누가 모르겠어 오늘 이 햇빛이 어제 쓰던 남루라는 걸

무지개 한 대가 막 창문을 빠져나갔다

S

아버지에게 목매달고 나에게 목매달린다 S. 결핍된 사람 S. 불완전한 사람 S. 완성을 눈앞에 두고 멈춘다 멈추어 있다 S. 목을 매달고 목에 매달려 있다 S. 목매달고 싶은 것들을 위해서 빗장을 지르지 않은 S. 벌어진 가슴으로 아무나 들락거린다 S. 휑하니 바람이 들락거린다 S. 따스하게 가득 햇살이 들락거린다 S. 벌어진 가슴뼈에 달랑달랑, 벌건 살점의 S. 살아 있는, 썩어가는 S. 피를 말리고 있다 S. 은혜의 S. 미늘의 S. 달랑달랑, 아버지를 부르며 그 어린것 S. 달랑달랑, 집으로 가는 길에 결핍으로 매달려 있다 S. 불완전으로 매달려 있다 S. 목매단 나는 결핍이다 S. 목매단 나는 불완전이다 S. 불안한 S. 불안한 나에게 목매달고 S. 불안한 네게 목매달려

새장

창가에 악기 하나를 걸었네
빨간 부리가 창살을 쪼아대면
악기는 통째로 공명되었네
창살 하나하나가 건반이었네
악보는 없었네
슬픔의 플러그를 꽂고
인공감지 기능으로 노래하였네
내가 던져주는 모이의 힘은
노래하는 데 바쳐졌네
세상의 악기는 감옥이었네
소리는 악기 속에 갇혀
꿈을 조율하였네
아름다운 노래는 그때
탈옥을 꿈꾸는 자의 탄식이네
창가에 감옥 하나를 걸었네

아홉 송이의 자폐

한 송이의 자폐가 초롱꽃에서 핀다
나는 분무기로 물을 뿌린다
수많은 눈알들이 바닥으로 쏟아진다
두 송이의 자폐가 초롱꽃에서 핀다
나는 분무기로 막막한 눈알을 뿌린다
바닥에 떨어진 막막함들을 자폐가 빨아먹는다
세 송이의 자폐가 초롱꽃에서 핀다
분무기의 지극정성으로 자폐는 성숙한다
깊이 고개를 숙인다
네 송이의 자폐가 초롱꽃에서 핀다
걸어온 발등을 외면하며
가족을 불러 올린다
다섯 송이의 자폐와 여섯 송이의 자폐가 초롱꽃에서 진다
마음의 암술과 수술이 닿지 않는 병은
수정되지 않고 진다
일곱 송이의 자폐가 초롱꽃에서 핀다
나는 고개를 숙이고 깨어진 눈알들을 더듬는다
여덟 송이의 자폐가 초롱꽃에서 진다
수많은 눈총을 맞은 자폐가 진다
아홉 송이의 자폐가 초롱꽃에서 핀다
나는 분무기로 눈총을 뿌린다
눈치를 모르는 자폐가 또 자폐를 낳는다

송림조경원

저건 숲이 아니다
푸른 의자와 노란
책상이 줄을 선 교실이다
가위를 들고 다니는 조경사가
유행하는 두발을 손질하는 중이다
푸른 의자는 노랗게 부분 염색을 하고
노란 책상은 싹둑싹둑,
지금 망상을 오려내는 중이에요
나는 나무 밑에서 혼자 중얼거린다
저건 사랑이 아니다
네가 떠날 때 추억을 지워가듯
향나무는 향나무의 향기를 지우고 간다
저건, 저건 사랑이 아니다
한 번도 둥지를 틀지 않는 새여
의자에는 책상에는
가랑이가 없다는 걸 알고 있었니?
저건 숲이 아니다 숲이다
봄 여름 가을 겨울도 모르고
울울창창
꽃도 열매도 모르고
꽃 같은 열매 같은
푸른 의자를 뽑은 자리에
노란 책상이 자란다

염소와 말뚝

그러니 염소여 말뚝과 친하지 마라
하나밖에 없는 길을 돌고 돌지 마라
말뚝이 네 목을 매달 것이니!
썩어가는 식탁을 다 비워라

말뚝을 박은 풀밭은 파산하기 시작한 집구석이다 부패하기 시작한 식탁이다 염소와 말뚝 사이에 냄새가 피어오르는 풀밭이 있다 노오란 민들레가, 말라가는 이슬이, 염소와 말뚝 사이에 가득한 햇빛, 가득한 빗물, 가득한 바람 염소와 말뚝 사이에 오해가 있다 어지러운 발자국이 있다 떨리는 울음이 있다 염소와 말뚝이 멀어졌을 때 풀밭은 풍성해진다 빳빳해진다

염소는 말뚝을 벗어나려고 풀밭을 뜯어먹는다

염소

나는 염소와 말뚝 사이에 놓여 있던 풀밭을 뜯어먹는다 이렇게 질긴 풀이라니! 나는 염소가 오래오래 씹어 삼킨 풀밭을 씹는다 이 풀밭은 냄새가 고약하군, 이 풀밭은 가을도 아닌데 벌써 익었군 나는 풀밭을 씹다가 뱉는다 식탁의 분위기는 풀밭처럼 일률적이다 민감하게 바람을 탄다 없는 의자 욕하지 맙시다! 풀밭이 비틀비틀 술을 마신다 풀밭이 셔츠를 벗는다 끈에 묶여 있던 풀밭이 화장실을 간다 쿵쿵 말뚝을 박은 방으로 돌아온다 풀밭끼리 이야기를 한다 풀밭끼리 술을 권한다 나는 염소처럼 말한다 나는 했던 말을 하고 또 한다 모두 염소처럼 이야기한다 풀밭이 풀밭으로 달려 나간다 끈을 풀고 염소처럼 뒤뚱거린다

오해

입을 벌리자
목소리는 보이지 않는다

입을 벌리자
입술이 다물어지지 않는다

입 냄새를 풍기며
입술을 쫘악 벌린다

인후통을 앓으며
입술을 쫘악 벌린다

바람이 불자
입술이 쏟아진다

바람이 불자
종양이 굵어진다

바람이 불자
다이얼이 돌아간다

보도블록 위에 후두둑 떨어진 목소리가
발에 콱 밟힌다

재호 문집

재호는 문을 만드는 사람

나는 문을 찾기 위해
재호 문집으로 들어간다

나는 벽을 가진 사람
벽을 열어줄 문을 주문한다

문 앞에 문을 겹쳐놓고
문 옆에 문을 기대놓고

벽을 꿈꾸는 사람

재호는 문을 열어줄 벽을 기다린다

전지전능한

재호는
전기톱으로 내 벽을 자르기 시작한다

막장

혀가 있던 자리에 잇몸만,
눈알이 있던 자리에 눈구멍만,
노래가 있던 자리에 고장난 피아노만,
시가 있던 자리에 욕설만,
집이 있던 자리에 새로 솟은 기둥만,
떨어진 것들이 발밑에서 날아오르려 한다
빨간 혓바닥이 날아오르려 한다
풍경이 있던 자리에 액자만,
네가 있던 자리에 무덤만,

4부

분수

내 낯바닥에 내가 방사하는 눈물 내 길바닥에 내가 방뇨하는 12시 내 손바닥에 내가 방목하는 손금 나는 또다시 내 눈물 속으로 들어간다 누가 전원을 내려주기만 한다면 이 엘리베이터가 허공에서 멈출 텐데 매분 매초 절정일 텐데 나는 또다시 내 손금 속으로 들어간다 내 심장에 내가 투석하는 혈액 돌아오고 돌아오는 현관 내 혓바닥에 내가 굴린 말

구름

수학 선생님이 칠판에 √를 그리고 있었다 나는 수학 공책에 √를 그리고 있었다 √는 아버지, √는 집, √는 시간제 통학버스, √는 교실, √는 국어 시간, √는 비닐하우스 수학 선생님이 칠판에 말을 방목하는 방법을 풀고 있었다 나는 수학 공책에 나를 방목하는 방법을 흉내내고 있었다 아버지 √를 벗기면? 집 √를 벗기면? 시간제 통학버스 √를 벗기면? 교실 √를 벗기면? 국어 시간 √를 벗기면? 비닐하우스 √를 벗기면? 그때 갑자기 천둥 번개가 쳤다 소나기가 천지간에 꽉 찼다 구름 √를 벗어난 빗방울들이 길길이 뛰고 있었다 지붕 √가 젖고 있었다 칠판 √가 젖고 있었다 내 수학 공책이 젖고 있었다 수학 선생님이 수업이 끝났다며 밖으로 나가고 있었다

딴다

바구니를 들고 딴다
임신한 배를,
부메랑같이 날아가는 초승달을,
중독된 파도의 체위를,
제러미 아이언스의 퇴폐를,
롤리타의 도발을,
김언희의 그것을,
절개지에서 뛰어내리는 원추리를,
캔맥주의 마개를,
가을이군, 과수원에 매달려 익은 과일들
주인이 보는 사이와 안 보는 사이
바닥에 줄줄 흘린 것을 다시 딴다
유리를 자르고 들어온 빛을,
수백 개의 음순을 가진 프랑시스 퐁주를,
바그다드 카페의 마법을,
집에 돌아와
상자 속에 들어간 과일들이
나를,

잠자는 기호

1

전신주에 붙은 지 오래된
잠만 자는 방이
몸을 오그리고 잠 속으로 들어간다

2

검은 담장이 길을 막는다
성장을 멈추는 산책
성장을 멈추는 시계
성장을 멈추는 그늘
잠은 풍족한 어둠을 덮고 자란다
뜰의 등나무가 꽉 다문 방문을 칭칭 묶는다
성장을 멈춘 방문
성장을 멈춘 구두
꼬불꼬불 자라나는 잠의 머리카락
멈춘 산책이 잠을 먹는다
멈춘 시계가 잠을 먹는다
멈춘 그늘이 잠을 먹는다

만리포 모텔

살갗이 벗겨진 회벽이 선텐을 하고 있다 선글라스를 낀 2층 창문은 종일 열리지 않았다 그 방은 빈털터리 바다를 한 번도 받아주지 않았다 만리 밖에서 달려온 바다는 그 눈동자의 3분의 2쯤 차오르다가 스러졌다 서쪽으로 난 창문은 절망할 때만 불타올랐다 저녁 6시 근처 임종 직전의 해가 그 창에서 바다를 바라보았다

바다는 생살 한 토막을 잘라놓고 나와 건배하였다

비둘기

벚나무에서 버찌가 쏟아진다

걸어온 비둘기들이 모이를 쫀다

옥수수를 쪼고 버찌를 뱉는다

걸어간 비둘기들이 모이를 쫀다

콩을 쪼고 환약을 뱉는다

비둘기들이 일일이 쪼고 있는 이 습성은

밀납으로 만든 것이다

피투성이 눈알들이 바닥을 구른다

눈을 잃은 벚나무는 붙박여 있다

순환 버스

그와 그녀 사이에
두 다리를 벌리고 컴퍼스를 돌린다

어제는 소매 한쪽이 떨어져나갔다
오늘은 단추 하나가 떨어져나갔다

잘 닦인 길이 말했다
너는 왜 맨날 똑같은 대사를 읊는 거야?

어제는 그녀에게 장미 한 다발을 전했다
오늘은 그녀에게 장미 한 다발을 전했다

텅 빈 창문이 말했다
너는 왜 맨날 똑같은 풍경을 즐기는 거야?

내일은 실밥 하나가 틀어졌다
모레는 한 트럭의 속셈이 쏟아졌다

나는 내가 흘린 속셈을
겹겹이 깔아뭉갰다

나는 내가 흘린 속셈을
겹겹이 주워 담는다

부작용

투병중인 친구가 전화를 했다 주사 한 대에 부작용이 한 바닥이다 곧 입안이 다 헐어버린대 친구의 느린 말들이 끊어질 듯 귓속으로 스며들었다 창밖 벚나무 가지마다 꽃 반점들이 번지기 시작했다 얼마 안 있어 저 환한 입속도 헐겠지 헐어지고 문드러지겠지 그것도 모르고 나는 얼마나 많은 무통의 웃음을 흘렸던가 친구는 늦기 전에 술을 사달란다 저기 봐, 누가 지나가는지 땅바닥이 어질어질 간질을 앓는다 못 견디겠다고 아아아 민들레가 개불알풀이 점점 멀리 발악을 한다 그것도 모르고 나는 그 예쁜 목젖을 어루만지고 싶었다 부작용은 작용을 안 하는 거다 저기 저 독오른 꽃 반점들 좀 봐 곧 네 입안이 다 헌다고? 헐린 자리마다 들어서는 새집을 보게 된다고? 너 봄 타는구나

앵무새

새장을 샀다 새장 속에 앵무새가 있었다 이름을 물었다 나는 새장이야, 앵무새가 말했다 새장 앞에 거울을 들이대고 물었다 너는 새장이군, 앵무새가 말했다 기분이 상한 나는 앵무새를 날려보냈다 새장 속에 고양이를 넣고 이름을 물었다 나는 새장이야, 고양이가 앵무새처럼 말했다 화가 난 나는 사람들을 데리고 와서 고양이의 이름을 물었다 이것은 검은 새장이군, 사람들이 앵무새처럼 말했다 나는 고양이를 꺼내고 구름을 넣었다 나는 구름에게 이름을 붙여주었다 너는 새장이야, 나는 앵무새처럼 말했다 구름은 앵무새 모양이 되었다가 고양이 모양이 되었다가 비가 내린 어느 날 사라졌다 나는 텅 빈 새장 속으로 들어갔다 사람들이 다가와서 이름을 물었다 텅 빈 새장이야, 나는 앵무새처럼 말했다

끝없이 두 갈래로 갈라지는 길들이 있는 정원* 1

3월에는 정원을 내버려두세요 텅 빈 나뭇가지에 음모가 득실거려요 사방에 눈인지 입인지 숨어 있어요 욕설인지 칭찬인지 듣게 될 거예요 누군가의 막 벌어질 입을 생각해보세요 누군가의 막 벌어질 눈을 생각해보세요 정원으로 깊숙이 들어갈수록 나는 멀어졌거든요 내가 가지 않은 길에서, 정원이 깊어질수록 내 발목은 쇠뭉치를 달았어요 두 개 세 개 늘어났어요 받아낼 욕설과 비웃음이 늘어났어요 나무는 갈라지는 것이 숙명이에요 나무는 반어법이 유일한 화법이에요 보세요 허공 깊숙이 높아지려고 땅속 깊숙이 낮아지잖아요 실수가 꽃을 피워요 꽃잎의 의견이 일치한다면 꽃이 어떻게 활짝 피겠어요 3월에는 정원을 내버려두세요 내가 마음먹은 것을 모조리 부정하는 소리를 들었거든요 어제의 꽃은 그제의 꽃의 부정이고 올해의 꽃은 작년의 꽃의 부정이에요 내가 당신을 거절한다고 화내지 마세요 우리 사이에서 피어오르는 향기를 보세요 나와 당신은 하나의 꽃잎이에요 더욱더 멀어져야 할 원수지간이에요

* 호르헤 루이스 보르헤스.

끝없이 두 갈래로 갈라지는 길들이 있는 정원 2

선목 사제관에서 금정산 주유소까지는 네 블록이다
한 블록에는 네 개의 전봇대와
스물일곱, 여덟 그루의 벚나무 가로수와
세 개의 가로등이 서 있다
전봇대는 끝없이 오른쪽 왼쪽으로 손가락을 기르고 있다
벚나무는 끝없이 위로 아래로 발가락을 기르고 있다
가로등은 끝없이 밝아지고 어두워지고 있다
나는 이제 가로수와 가로수 사이의 보도블록을 세기 시작했다
인도에 걸터앉은 노인이 신발을 벗어
밑바닥을 들여다보고 있다
거기 누군가의 얼굴이 있는 것처럼
그는 선목 사제관 쪽에서 왔던 걸까
금정산 주유소 쪽에서 왔던 걸까
나는 지금 노인을 막 스치고 있다
노인에게는 사제의 근엄함이 없다
주유소에서 불어오는 불온함도 없다
휴식도 산책의 일부인 듯
가만히 앉아 지나온 길들을 들여다보고 있다
노인의 얼굴 가득 끝없이 갈라지는 길들이 있다
나는 또 세고 있던 보도블록의 개수를 놓쳤다

끝없이 두 갈래로 갈라지는 길들이 있는 정원 3

보르헤스씨 댁은 어디입니까?
현관문을 열자 미로가 있다
보르헤스씨 댁은 어디입니까?
오른쪽으로 돌던 길이 다시 오른쪽으로 꺾어진다
보르헤스씨 댁은 어디입니까?
벽이 없는 낭하를 돌고 돈다
보르헤스씨 댁은 어디입니까?
나무가 빽빽한 정원을 지나 현관문을 연다
보르헤스씨 댁은 어디입니까?
벽이 없는 낭하에 거울들이 마주보고 있다
보르헤스씨 댁은 어디입니까?
거울 속에 있는 거울, 속에 있는 거울, 속에 있는 거울, 속에 있는 거울, 속에 있는 거울, ……, 속에 있는 거울이 질문을 복제하고 있다
보르헤스씨 댁은 어디입니까?

끝없이 두 갈래로 갈라지는 길들이 있는 정원 4

그 꽃집은 피고 있다 지고 있다 그 꽃집의 통유리창은 피어 있다 꽃다발 하나가 유리문을 밀고 나온다 그 꽃집은 활짝 핀다 새로 들여온 보랏빛 스타티스가 양동이에 가득 꽂혀 있다 그 꽃집은 가득 피고 있다 지고 있다 통유리창을 타내려가는 아이비 넝쿨들 그 꽃집은 축축 늘어지고 있다 쭉쭉 뻗어가고 있다 꽃집 앞에서 해를 쬐는 모종 컵들 나는 노란 줄리앙 모종 컵을 열 개 산다 열 개의 노란 줄리앙 모종 컵은 피고 있다 지고 있다 장미꽃다발들이 꽃집을 빠져나간다 그 꽃집은 꽃들을 떠나보내며 피고 있다 지고 있다 오늘은 엔젤램프 화분에서 일곱 개의 램프가 켜지고 세 개의 램프가 꺼졌다 밤 10시에 셔터가 내려진 그 꽃집은 캄캄하게 피고 있다 지고 있다 그런데 그 꽃집의 꽃들은 오래전에 죽었다 그 꽃집은 목이 잘린 꽃들이 피고 있다 지고 있다

끝없이 두 갈래로 갈라지는 길들이 있는 정원 5

커피를 쏟았다
카펫이 커피를 삼킨다
얼룩같이 생긴 꽃무늬 때문에 얼룩이 보이지 않는다

물을 쏟았다
카펫이 물을 삼킨다
얼룩같이 생긴 꽃들이 싱싱해졌다

카펫은 카펫보다 무거운 것을 삼킨다

유리창이 햇빛을 통째로 삼킨다
카펫은 햇빛을 통째로 삼킨다

탁자가 카펫에서 자라난다
의자가 카펫에서 자라난다
탁자 위에 꽃병이 자라난다

꽃병을 쏟았다
카펫이 병을 삼킨다

끝없이 두 갈래로 갈라지는 길들이 있는 정원 6

전기톱에 플라타너스 가지들이 잘리고 있다
윙윙 돌아가는 안녕들
거리를 왔다갔다했던 안녕들
안녕, 안녕, 안녕, ……
손바닥을 접는 안녕들

찔러 넣을 주머니가 없다

포도

백 개의 입안에 백 개의 침묵이 있다 백 개의 입이 백 개의 침을 질질 흘린다 한 송이에 없는 손과 발 한 송이에 없는 눈과 귀 한 송이에 달린 백 개의 입 한 번 웃을 때 백 번 웃는다 한 번 울 때 백 번 운다 한 번 욕설할 때 백 번 욕설한다 백 개의 입안에 백 개의 혀가 있다 침묵! 이라고 말하면 침을 질질 흘리는 백 개의 침샘이 있다 백 개의 침묵은 백 개의 껍질이 있다 백 개의 욕설은 백 개의 껍질이 있다 한 개의 입속으로 사라진 백 개의 침묵 한 개의 귓속으로 사라진 백 개의 욕설 백 개의 침묵의 시취는 동일하다

문학동네포에지 037

매우 가벼운 담론

초판 인쇄 2021년 12월 7일
초판 발행 2021년 12월 15일

지은이—조말선
책임편집—유성원
편집—김민정 김필균 김동휘 송원경
표지 디자인—이기준 신선아
본문 디자인—유현아
마케팅—정민호 김도윤
홍보—김희숙 함유지 이소정 이미희
제작—강신은 김동욱 임현식
제작처—영신사

펴낸곳—(주)문학동네
펴낸이—염현숙
출판등록—1993년 10월 22일 제406-2003-000045호
주소—10881 경기도 파주시 회동길 210
전자우편—editor@munhak.com
대표전화—031-955-8888 / 팩스—031-955-8855
문의전화—031-955-3576(마케팅), 031-955-8865(편집)
문학동네카페—cafe.naver.com/mhdn
트위터—@munhakdongne
북클럽문학동네—bookclubmunhak.com

ISBN 978-89-546-8396-8 03810

www.munhak.com

문학동네